KB216552

처음부터
꽃인 것을

처음부터 꽃인 것을

펴 낸 날 2024년 09월 27일

글 · 그림 방순옥
펴 낸 이 이기성
기획편집 서해주, 윤가영, 이지희
표지디자인 서해주
책임마케팅 강보현, 김성욱
펴 낸 곳 도서출판 생각나눔
출판등록 제 2018-000288호
주 소 경기도 고양시 덕양구 청초로 66, 덕은리버워크 B동 1708호, 1709호
전 화 02-325-5100
팩 스 02-325-5101
홈페이지 www.생각나눔.kr
이 메 일 bookmain@think-book.com

• 책값은 표지 뒷면에 표기되어 있습니다.
ISBN 979-11-7048-751-7 (03810)

처음부터 인 것을

방순옥 서화에세이

방순옥 글 · 그림

생각나눔

프/롤/로/그

영원할 것만 같았던 시간이 멈춘 듯합니다.
가장 소중한 것들은
곁에 있던 모든 것이었음을 깨닫습니다.

가장 소중한 것은
가장 흔한 모습이었고
떠나간 것도 그리움이었고
돌아오지 않는 것도,
돌이킬 수 없는 것도
그리움이었습니다.

이제서야
발길에 스치는 흙 한 줌
풀 한 포기도
나의 삶이 되어주었음을 알아갑니다.

나에게 변함없이 큰 힘이 되어 주시는 많은 분들께 감사드립니다.

2024. 9.

꽃산 방순옥

목차

인연,
사랑과 설렘으로

화음 14
여유로운 삶 17
만우절 18
공생 20
나팔꽃 22
잡은 손 놓지 말아요 24
도전 26
이력서 29
차근차근 30
다섯 글자의 힘 32
우리는 35
세탁기 37
나는 인천 사람 38
다시 찾아온 봄날 41
잠시 잊혔을 뿐 42
김 선생님께 44

사랑,
마르지 않는 샘물처럼

꽃으로 피어나다 49
그리움 50
모든 순간이 사랑 53
사랑 54
ㅅㄹㅎ 57
우리 집 58
이 아침에 60
엄마의 무릎 63
사람을 찾습니다 64
선물 66
부부 69
첫눈 71
닿는 곳마다 72
사랑한다는 말 74
날씨와는 달리 77
할머니라는 이름 78
향기와 덕 80

휴식,
내가 찾은 쉼표 하나

눈인 듯 비인 듯 84
빈 의자 86
독백 89
아깝지 않은 시간 91
창영동 92
가을이 쌓인다 94
목련 96
나이가 든다는 건 98
안개 101
꽃 102
선풍기야 미안해 105
멍때리기 107
살다 보면 108
잠시 stop! 110
시골 장날 112
꽃길 115
새우 117

미련,
기억의 책장을 넘기며

눈빛 배웅 120
왕사탕 122
오늘 125
내 마음만 126
바쁘다는 이유로 129
조물조물 131
전시장 132
크리스마스 134
찰나 136
그리움 찾아 138
일상이 그립다 140
키 143
이별 144
나물 146
탑 148
달동네 박물관 150

동행,

마음에 그리는 일상

아침 운동 154

딱 고만큼만 156

봄날에 취하다 159

내 옆을 살펴요 160

선서 163

그냥 165

새날 166

한 폭 그림 같이 168

담쟁이 170

마음 가지치기 173

청(清) 174

마음 저축 은행 176

또 다른 세상 178

작은 행복 181

달력 183

좋은 일 184

행복 가꾸기 186

여백,
그리움을 향한 첫걸음

계절의 틈새	190
한 스푼	192
꽃이 피는 날에는	194
표창장	196
꽃은 아름답다	199
숲길	201
청춘	202
착각	205
처음이니까	206
프리지어	208
되돌아보면	210
손에서도 꽃으로	213
나란히 나란히	215
뒤로 걷기	216
필연	218
어느새	220
저녁 하늘	223

인연

사랑과 설렘으로

화음

꽃이 웃어주면
새는 노래하고
높푸른 하늘은
구름의 여유를
선물합니다

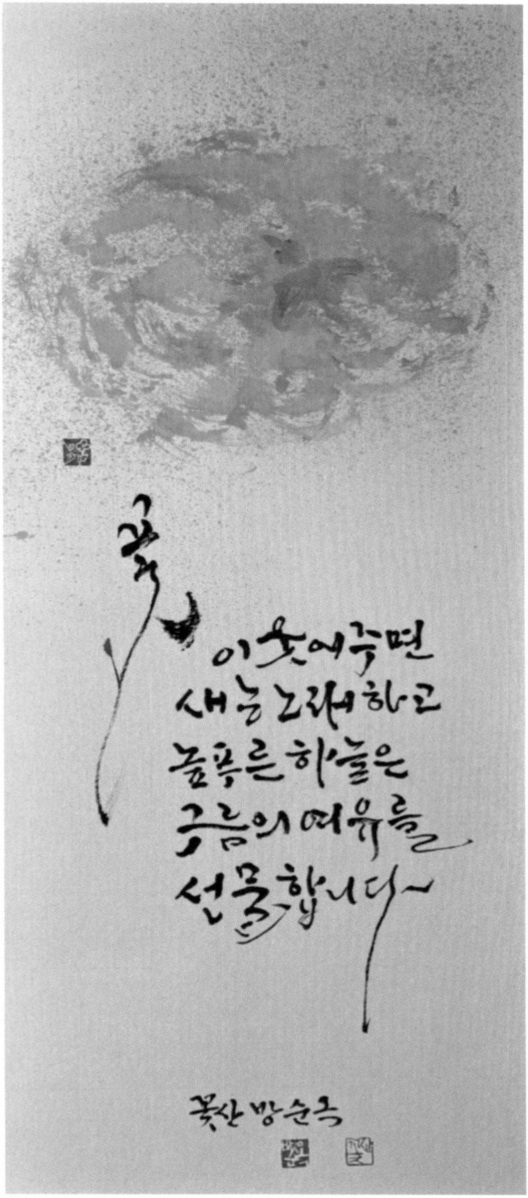

꽃이 웃어주면
새는 노래하고
높푸른 하늘은
구름의 여유를
선물합니다~

꽃산 방순옥

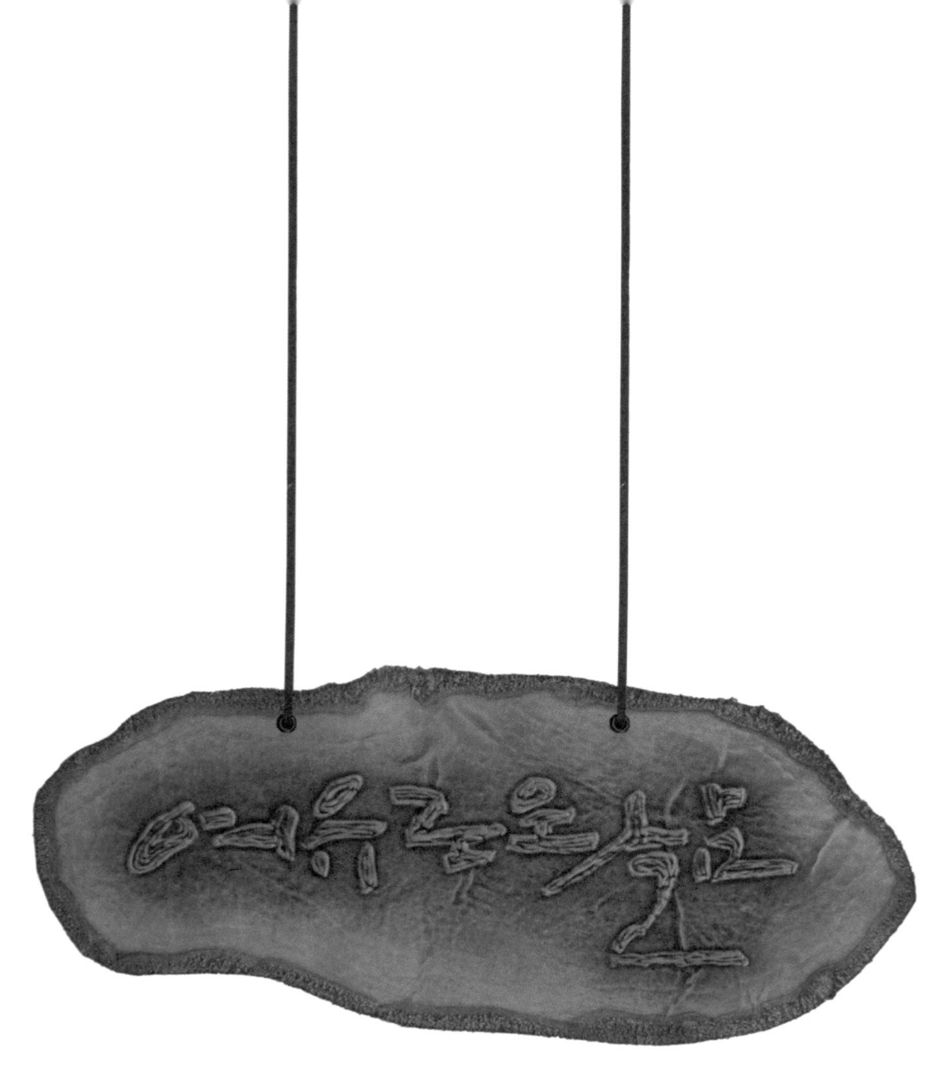

여유로운 삶 27×12cm_가죽_수성 염료

여유로운 삶

당신은
돌아서고 나면

또
보고프게 할 사람
생각나게 할 사람
미소 짓게 할 사람
설레이게 할 사람

그런
사람입니다

만우절

조금은 떨어진 곳에서 선생님을 처음 뵈었습니다, 기타 치시는 모습과 함께. 프라이드에서 에스페로로 바꾸어 앉으셔서 운전하고 계신 모습도 눈여겨보고 있습니다. 마음을 전한다는 것이 이리도 힘든 일임을, 썼다가 찢어버린 종이 뭉치를 보며 새삼 느낍니다. 가까이서 선생님을 뵙고 싶어 장미꽃 한 송이에 제 마음을 실어 봅니다. 4월 1일 오후 6시, 부평역 파레스 빌딩 지하 경양식에서 노란 원피스 입고 기다리고 있겠습니다.

– 선생님을 뵙고 싶은 임단비 드림

기타 연주와 노래를 잘하는 총각 선생님께 만우절 아침에 러브레터를 책상에 살짝 올려놓았다. 후배님의 추적 결과 이런 일을 저지를 사람은 방 선배밖에 없다고 해서 금방 들켜 버렸지만, 만우절에 한바탕 크게 웃을 수 있었다. 만우절이면 나를 웃게 하는 후배님 이야기.

기다린다는 것

공생

같이 산다는 것
함께 간다는 것
공생

생각해 보면
같이 사는 척
함께 가는 척
그렇게 산 것은 아니었을까?

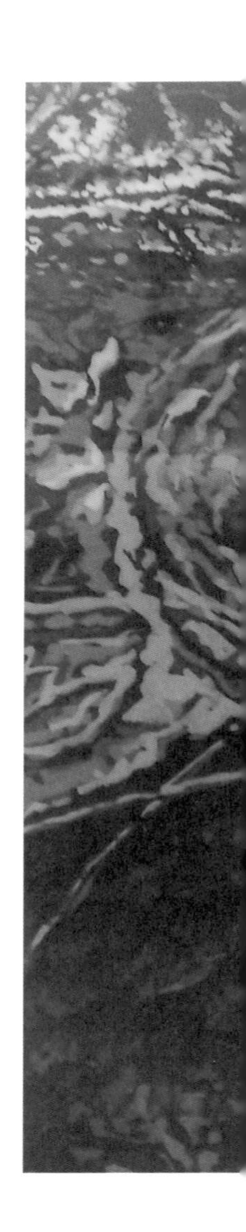

흐르는 시간 속에서 78×49cm_실크_산성 염료

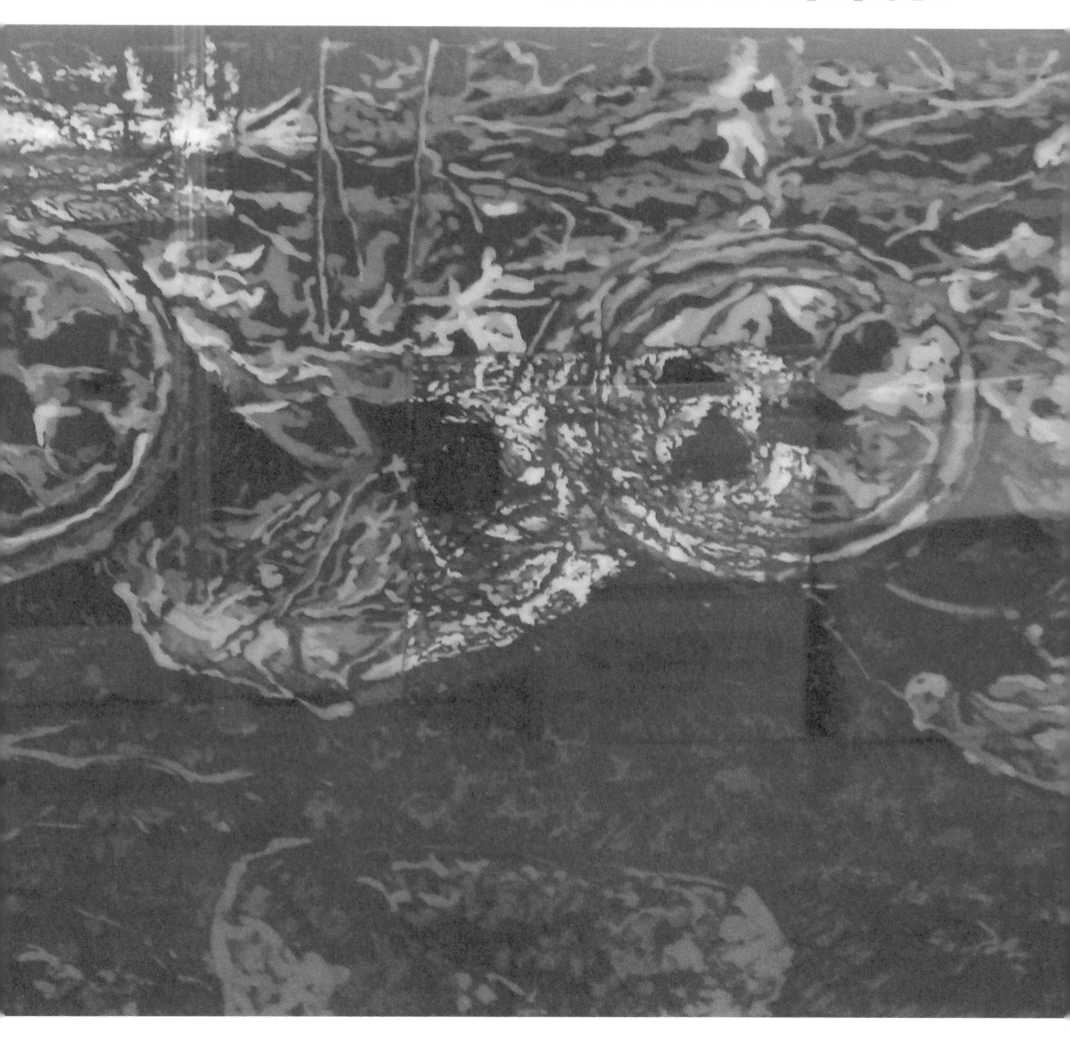

나팔꽃

받아줄 곳 찾아
혼자 끙끙 앓던 날들

기댈 곳 찾아
온전히 몸을 맡겨 버리는
나팔꽃이
많이도 부럽습니다

잡은 손 놓지 말아요

얼굴 맞대고
얘기할 수 있음에
전하고 싶은 내 마음

행복합니다
사랑합니다

우리
잡은 손
놓지 말아요

바람처럼
스쳐가는
흔한 인연이
아니길

도전

살아 보지 않은 날들에 대한 기대감
가 보지 않은 곳에 대한 설렘
해 보지 못한 것에 대한 호기심

마음이 허락할 때까지
욕심껏 곁에 두고 싶다

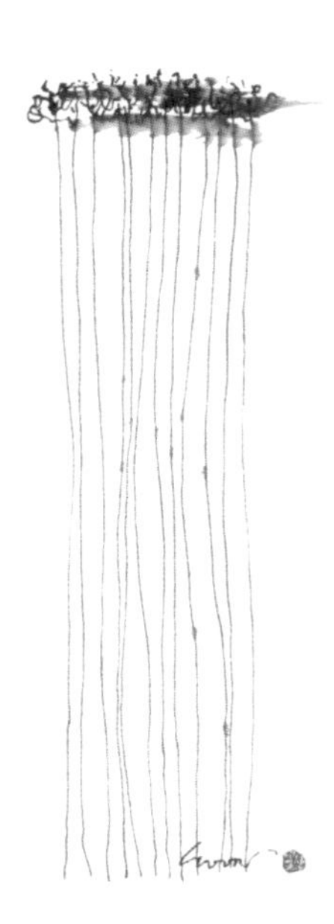

시작이 다르면
끝도 다릅니다

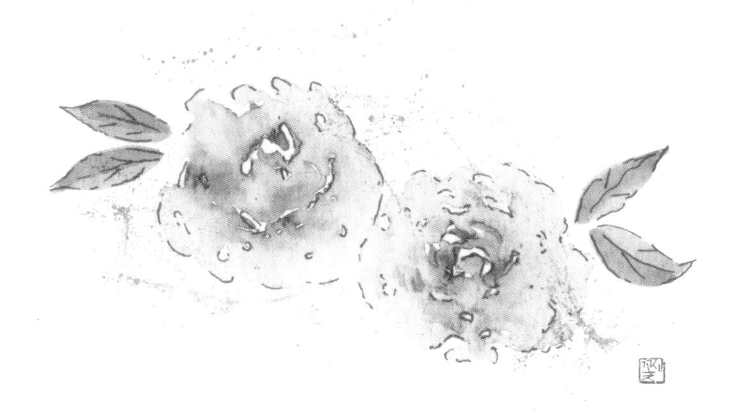

이력서

뒷모습이 보입니다
앞에서는 볼 수 없었던
등 뒤에 새겨져 있을
많은 이야기
차마 보일 수 없었던
차마 말할 수 없었던
그 사람만이 알 수 있는
여러 줄의 이력을
뒷모습에서
쭉 읽어 내려갑니다

차근차근

봄의 새싹은 계절을 알려주고
아이의 눈빛은 사랑을 전해줍니다

떠오르는 해는 희망을 가르쳐주고
지는 해는 내일이 다가옴을 알려줍니다

오늘도
한 가지씩 차근차근 배워 나갑니다

아이처럼
순수하게

다섯 글자의 힘

모교가 개교 60주년을 맞았습니다
'빛나는 지성'
다섯 글자를 의뢰받았습니다
내 감성으로 정성 들여 쓴 글씨
인일 동산 기념석에 새겨진 글씨에
좋아라 하며 박수를 보내주신 많은 분들
다섯 글자의 힘이었습니다

forever, 나의 모교!

빛나는 지성 159×24×90cm_화강암

가족은 내 인생의 첫사랑

우리는

생일이라고
오빠와 올케언니가 큰 선물을 해주셨다
무슨 선물이 그리 엄청나냐고 했더니
"우리가 보통 오누이냐?"
그 한마디에 눈물이 난다

그래요
오빠의 동생이 되길 정말 잘했어요

세탁기

엄마가 쓰시던 세탁기를 물려받았다

한참을 썼어도
불편함은 없었지만
딸아이의 배려로 바꾸게 되었다

어머니께 새 옷 입혀 드리듯
배달 기사님 도착 전에 깨끗이 닦아 놓았다

어머니 보내 드리듯
그렇게 정성스레 실어 보냈다

나는 인천 사람

맑은 음색에 실어
제 얘기를 곱게 수놓아 주셨네요
작가님, 감사드려요

구산동 집을 나와 차로 십오 분쯤 달리면
작업실 또는 사무실 편한 내 공간으로
출근 시간도 없고 퇴근 시간도 없지만
오늘도 출근하는 부평삼거리 내 공간
딸이었고 아내였고
엄마이자 선생이었던 내가
오로지 나로 지내는 시간
그렇게 행복하게 그렇게 복도 많게
내게 다시 찾아온 봄날
아 참 좋다, 참 잘했다
글씨 하길 그림 그리길
아 참 좋다, 참 잘했다
오늘도 부평삼거리에서

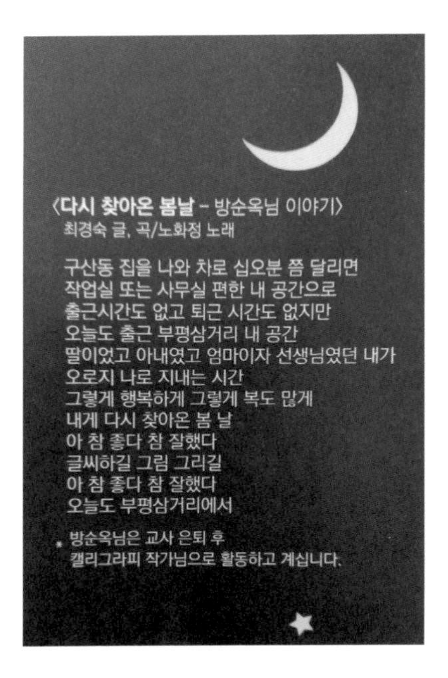

저는 인천사람입니다.
당신은 인천사람입니까?
태어난 사람, 살고 있는 사람, 살았던 사람, 직장이 인천인 사람,
누구를 인천사람이라고 해야하는 건지 잘 모르겠지만
2021년 인천에서 살고 있는 사람들의 이야기를 담고 싶었습니다.
평범한 이들의 삶이 역사책에선 잘 보이지 않고,
글과 사진으로는 담겨지기도 하지만
'노래'로 담기는 일은 흔치 않은 것 같아
지금, 우리의 소박한 일상을 노래로 만들어 보았습니다.
사람들을 만나서 인터뷰하고,
인천에 대한 나의 경험과 일상을 들여다보면서
참 재미있고 의미있는 시간을 보냈습니다.
부족함이 많지만
여기, 지금을 살고 있는
인천사람의 이야기를 들어주세요.

최경숙 드림

YouTube = 최경숙의 음악편지 에서 음반관련 영상을 보실 수 있어요.

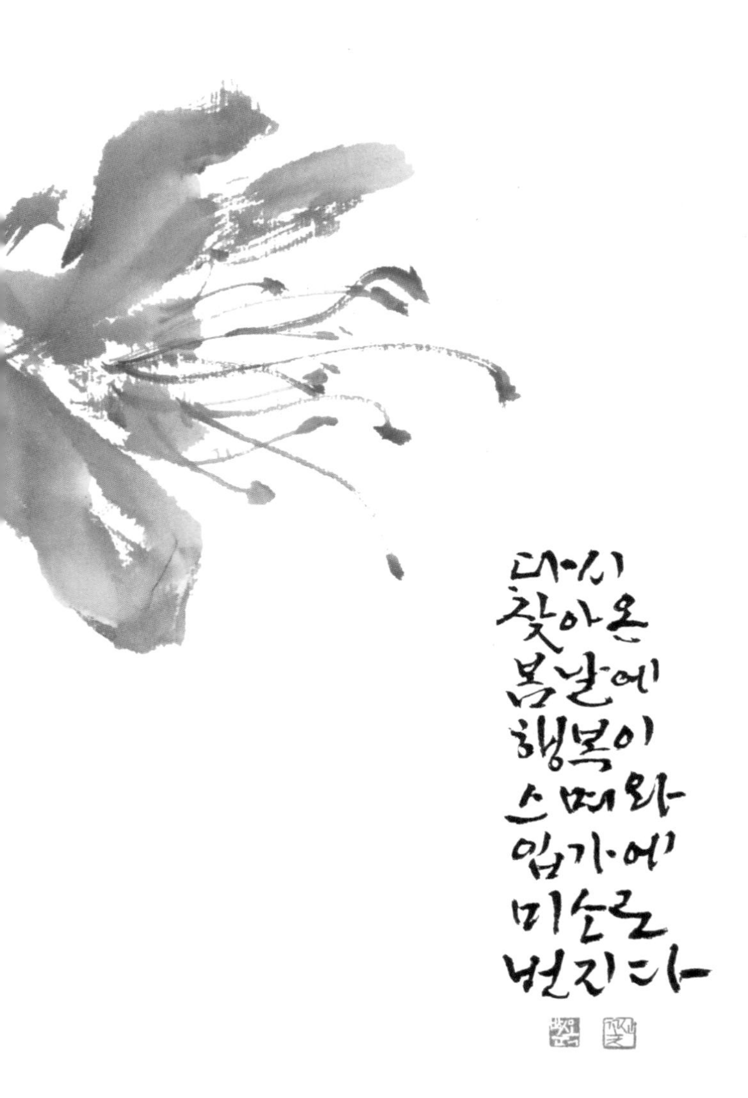
다시
찾아온
봄날에
행복이
스며와
입가에
미소로
번진다

다시 찾아온 봄날

다시
찾아온
봄날에
행복이
스며와
입가에
미소로
번지다

잠시 잊혔을 뿐

버려진 게 아니라

잠시

잊혔을

뿐입니다

임 대
92호
세본통신
바니네일
90호
바니뷰티

김 선생님께

김 선생님,

길게 늘어진 그림자가 완연한 가을입니다. 며칠 사이에 계절이 빠르게 바뀜을 느끼면서 안쓰러운 마음이 들기도 합니다. 한줄기 비라도 오려는 듯 잔뜩 찌푸린 날씨가 마음 쓰이는 오늘입니다. 퇴근길에 가을꽃 한 다발쯤 구해서 입 넓은 항아리에 듬뿍 꽂아놓으면 행복할 듯싶습니다.

며칠 전, 담장에 앉은 잠자리를 한참 동안 들여다본 적이 있었습니다. 빛을 받아 반짝이는 잠자리의 날개가 얼마나 곱던지요. 계속되는 바쁨이 너무도 많은 것을 잊고 살게 하지는 않았는지 생각해 보았습니다.

요즘은 아스팔트의 매끄러움보다는 발밑에 느껴지는 흙이 정겨워 좋고, 어렸을 때 보았던 이름 모를 들풀에 더 마음이 갑니다. 장독대에 놓인 크고 작은 항아리들, 옥상에 빼곡하게 널려있는 고추들, 민속촌에나 있음 직한 옛것들에 대한 아련함이 잔잔하게 느껴집니다. 10여 년 동안 소식이 끊겼던 여고 동창생들의 방문이 눈물겹도록 반갑고, 햇살에 되비치는 나무 잎새의 흔들림 또한 즐겁습니다. 외항선을 타러 떠난 제자의 안부 전화와 80이 넘으신 중1 때 담임선생님께서 생존하심을 전해 듣고 또한 기쁘며, 재깔거리는 아이들의 목소리도 가

을 햇살처럼 따스하게 느껴짐을 김 선생님께 모두 전하고 싶어집니다. 결혼을 늦게 한 저로서는 김 선생님의 아이들 교육에 대한 많은 이야기들을 듣고 참고해야 할 부분들이 정말 많은 듯합니다.

이 가을, 선생님 내외와 우리 내외, 늘 훈훈한 어머니의 가슴이 느껴지는 풋풋한 곳에서 따끈한 차라도 한잔 마시러 떠나 보십시다. 언제나 마음으로 도움 주시는 김 선생님께 감사드리며 국화 향기와 함께 제가 좋아하는 시 한 편 보냅니다. 환절기, 감기 조심하시기 바랍니다.

9월 흐린 날 방 선생 드립니다.

사랑

마르지 않는 샘물처럼

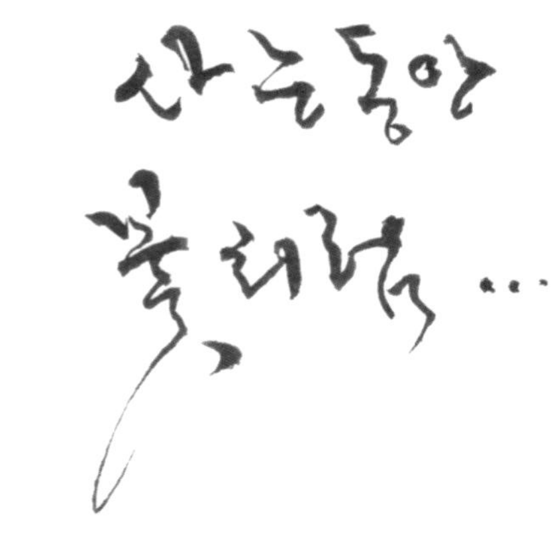

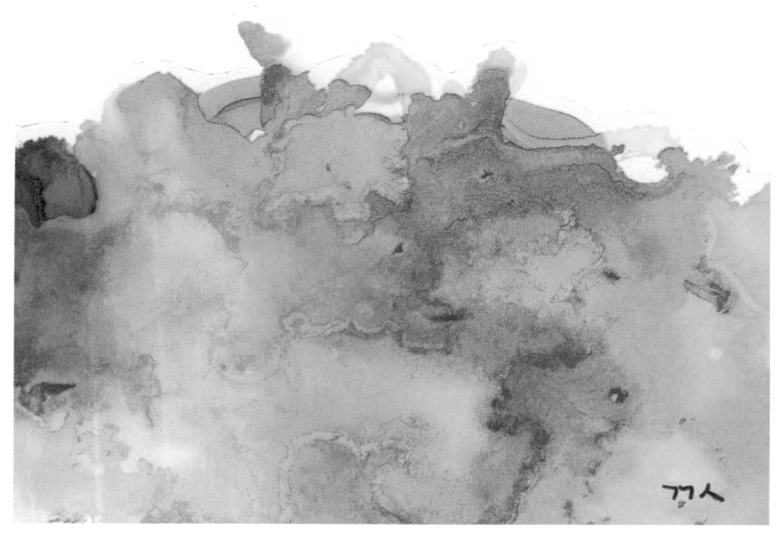

사는 동안 꽃처럼 10×15cm_유포지_알코올 잉크

꽃으로 피어나다

내 마음이

꽃이면

세상이

꽃입니다

내 마음에

꽃이 피면

평범한 일상도

온통

꽃밭입니다

그리움

선물처럼
다가오는
어찌할 수 없는 그리움

그것은
사랑이라는
다른 이름이었습니다

사랑입니다

이 모든 순간이

모든 순간이 사랑

모든 순간은 사랑이었습니다
지나간 후에
떠나간 후에
알게 되는 우매함에
아픔은 더해갑니다
이제부터는
더 사랑하렵니다
나의 일과
내 주변의 모든 것들
그리고
지금 이 순간을

사랑

받은 것 없어도
받을 것 없어도
되돌려받을 기대 없이
내 모든 것을 다 주어도
아쉬울 것 없고
아까울 것도 없는
사랑이라는 마법

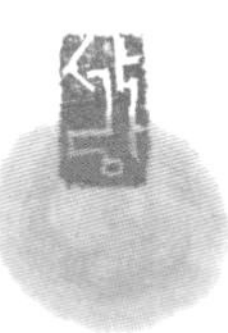

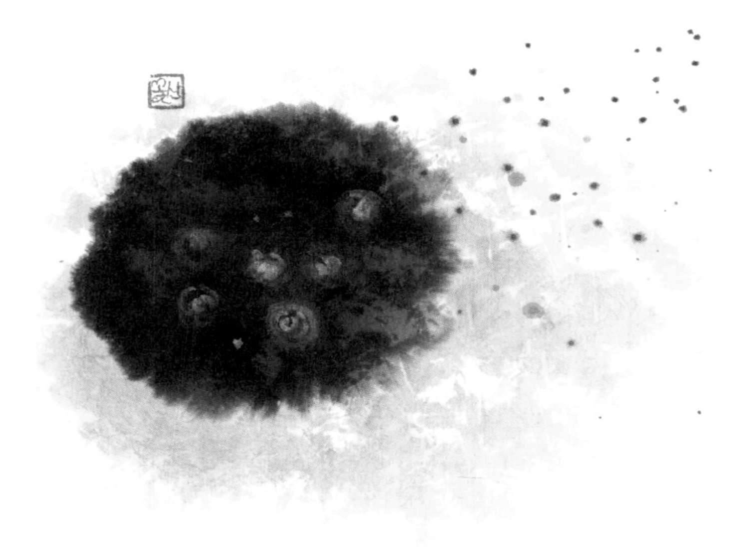

ㅅㄹㅎ

ㅅㄹㅎ만 보고도
우리는
사랑해를 떠올린다

ㅁㅇㅎ
미워해 아니고 미안해

ㄱㅁㅇ
그리고 고마워!

우리 집

일을 마치고
돌아갈 곳이 되어주는
따스한 공간
내 가족이 있는 곳
우리 집
나의 집

행복한 우리집

이 아침에

이 아침
문득
사랑한다는 말을
못 했음이
생각납니다

"사랑해"
이렇게 말했어야 했는데

오늘은 바보가 되고 말았습니다

예쁜 말은 꽃이 됩니다

우리의 마음은 모두 언제나 따뜻함으로 저장되어 있습니다 변한 것이 나에게 잊혀지는 마음

엄마의 무릎

엄마의 무릎은 고향이었습니다

엄마의 무릎을 베고 누우면
온 세상은 내 것이 되었습니다

간지럽게 귀를 파주시던
엄마의 정 깊은 무릎이 그리워집니다

솔솔 밀려오는 졸음에 꿀잠도 자게 하고
동화 속 공주님이 되는 꿈도 꾸게 하던
엄마의 무릎에서
영원히 꿈꾸는 어린애이고 싶었습니다

사람을 찾습니다

재스민차를 주문한 내가
후배님께
향을 맡아보라 했더니
재스민차 같은
그런 여자를 만났으면
참 좋겠다고 했습니다
어디,
재스민 향을 가진 사람
우리 주변에 없을까요?

서둘러 연락 주세요

살며 생각하며 16×23cm_캔버스_혼합 재료

선물

언제나
받기만 했었는데
그래서
늘
감사한 마음만
미안한 마음만
가득했는데

내 마음을 담아 전했더니
바로 지금
날아갈 듯
행복해집니다

따스한 마음 나누기

부부

당신은 나에게

나는 당신에게

조용히

그리고

모르는 사이에

소리 없이 스며들어야 했습니다

한 방향을 바라보면서

회상 70×95cm_면_수성 염료

첫눈

첫눈 오던 날
모닝커피 앞에 놓고
말이 없었다

말을 못했던 걸까?
말을 아꼈던 갈까?

손이 시려 놓친 찻잔이
추억 속에 함께 있다

닿는 곳마다

걸음마다 꽃길
눈길마다 꽃밭
마음마다 향기
숨결마다 기쁨
잠결마다 평안
입가마다 미소
손길마다 온기
가슴마다 사랑

입가마다
미소
손길마다
온기
가슴마다
사랑

사랑한다는 말

엄마는 사랑한다는 말을 모르시는 줄 알았다
“밥 먹었니?”로 사랑한다는 말을 대신하셨던 것 같다

그러나
병원에 누워 계시면서부터 어머니는
“사랑한다.”라는 말을 자주자주 내게 해 주셨다

“사랑한다, 내 딸.”

나도 사랑한다는 말을
자주
그리고
많이 해야겠다

모두
당신덕분
입니다~

- 감사합니다 -

마음한상

날씨와는 달리

날이 흐려도

날이 맑아도

비가 와도

눈이 내려도

바람이 불어도

당신 생각하는

내 마음은 언제나 똑같습니다

할머니라는 이름

잠시 집에 들른 아이,
할머니 집에서 하루만 자고 가면 안 되겠느냐고 간절한 눈빛으로 말한다.
간곡한 아이의 눈빛에 나도 무너지고 싶은 마음이다.

불쑥 아이가 나뭇잎을 내민다.
하트 모양의 나뭇잎 한 장과 반쪽 하트 잎이다.
"할머니, 내 마음이에요. 나뭇잎 반쪽은 제가 갖고 반쪽은 할머니 드릴게요."
8살짜리의 사랑 고백에 나는 먹먹해진다.

전시장을 찾은 어떤 이가 "작가님은 도대체 못 하는 게 뭐냐?"라고 물었다.
곁에 있던 초등 2학년짜리 손자가 어깨를 으쓱하며 하는 말,
"우리 할머니세요!"

미술 영재 선발에 합격한 아이,
그 어려운 걸 해낸 장한 아이,
합격 소식에 그만 울고 말았다.
내 자식 일보다 더 기쁜 손주의 일.

눈앞에 아른거리는 아이들,

보고 싶다고

많이 보고 싶다고

말하고 싶은 걸 오늘도 참아낸다.

아이들을 볼 때마다

아이들을 생각할 때마다

나는 할머니라는 이름으로 다시 태어난다.

세상 그 많은 앓이 중에서

제일 힘든 건 사람 앓이가 아닐는지.

— 내 손끝에서 태어난

작은 선물로 할머니 마음을 전합니다.

향기와 덕

꽃의 향기는
천년을 가고
사람의 덕은
만년을 간다

꽃의 향기를 누르고
사람의 덕이 압승(壓勝)!

꽃의 향기는
천년을 가고
사람의 덕은
만년을
간다

휴식

내가 찾은 쉼표 하나

눈인 듯 비인 듯

아침에 일어나
창문 너머로 보이는 바깥세상은
온통 하얀색이었습니다
눈이 왔나
설마 춘설(春雪)이?
아니었습니다
봄을 맞아 피워 낸
꽃들의 잔치,
눈인 듯 착각하게 만든 꽃비였습니다

빈 의자

비어 있어 좋다
내가 앉을 자리가 있어 좋다
네가 앉을 수 있는 빈자리가 있어 참 좋다
그리움이 남아 있어 좋다
그리움을 남길 수 있어서 더 좋다

인간-삶-독백 63×98cm_실크_혼합 재료

독백

내 몸이

내 마음이

내 것이 아닌 것을

움켜잡고

내 것이라 우겨댔더니

몸도

마음도

슬퍼합니다

아파합니다

아깝지 않은 시간

전철을 타려고

부평역에 갔습니다

시원한

아니

가을 색깔 그대로의 바람이

꽤나 괜찮았습니다

열차 두어 편을 그냥 보냈습니다

열차를 보낸 것도

기다린 것도

아깝지 않은 시간이었습니다

창영동

창영동, 배다리에 다녀왔습니다.

헌책방 거리에 대한 고운 기억들이 생각났습니다.
켜켜이 쌓여있는 책들, 창영당 아이스케키 집, 수제 과자집, 책방 앞에 줄줄이 걸려있어 갖고 싶었던 중고 스케이트(대학 1학년 때 동대문 실내 스케이트장에서 학점을 주시겠다는 체육과 교수님 덕분에 그 소원은 이루어졌다.), 또한 녹말풀로 빳빳하게 풀 먹여 다림질한 흰 칼라와 검은 장미 모사의 교복을 입고 신나게 다니던 나의 여고 시절. 고맙게도 창영동 헌책방 거리는 과거의 고운 기억 속으로 나를 안내해 주었습니다.

기찻길 옆 가림막을 따라 줄지어 선 작은 전시장도 있었습니다.
시를 읽고, 그림을 감상하고, 기찻길에 시선을 던지고 서 있는 사람들도 모두 작품이 되는 그런 곳이었습니다. 전에는 눈여겨보지 않았던, 유난히 많고 복잡하게 얽혀 있는 전깃줄도 정겨워 보였습니다. 나름대로 멋을 낸 작고 예쁜 가게에 들러 물건도 사고 책방에 들어가 원하던 화집도 챙겨오면서 국제도시 인천의 부흥을 소망해 보았습니다.

어서오세요!

느릿느릿 배다리 여행

가을이 쌓인다

툭

툭 투둑

낙엽 내려앉는 소리

어머

당신이었군요

가을이

한 겹 쌓인다

톡
톡 투득
낙엽 내려앉는 소리
어머
당신이었군요
가을이
한 겹 쌓인다

목련

목련,

그대로 인해

봄을

느끼고

그 고귀함에

이끌려

꽃길을

걷습니다

나이가 든다는 건

나이가 든다는 건 서글픈 것만은 아닌 듯합니다

자신을 돌아볼 수 있고
미래를 설계할 수도 있고
자식들에게 알려주어야 할 것도 차분히 생각하고
지나온 시간의 소중함도 깨닫고
작은 일에도 감사할 수 있고
행복해질 용기도 생기고
비워내야 할 것도 찾아보고
향기 나는 사람도 보이고
함께 가야 할 사람도 보이고
추억이라는 많은 선물도 받고
온전한 나를 만들어 내기도 하고

생각은 끝없이 달려갑니다
마르지 않는 샘물처럼

소박한듯고결하게
조용한듯열정적으로

70

안개

창밖을 보니 안개로 가득
출근하기가 은근히 겁나기도 했습니다

짙은 안개 속을 뚫고 용감하게 앞으로, 앞으로
자욱한 안개에 쌓인
황홀한 풍경을 담지 못해 안타까웠지요

딸아이를 내려주고 급하게 U턴
길가에 차 세워놓고 한 컷

후련했습니다
내 마음속 뽀얀 안개를 걷어낸 것처럼...

꽃

'꽃'

글자만 봐도 설렌다

기분 좋아지는 글자다

그런데

고운 꽃을 보면

"조화 아냐?" 한다

생화가 확연히 예쁜데

옛날엔 꽃이 덜 예뻤나?

고개가 갸우뚱!

마음이 담긴...

선풍기야 미안해

부채 부자가 되어봅니다

선풍기야 미안해
오늘은
부채로 널 대신할게

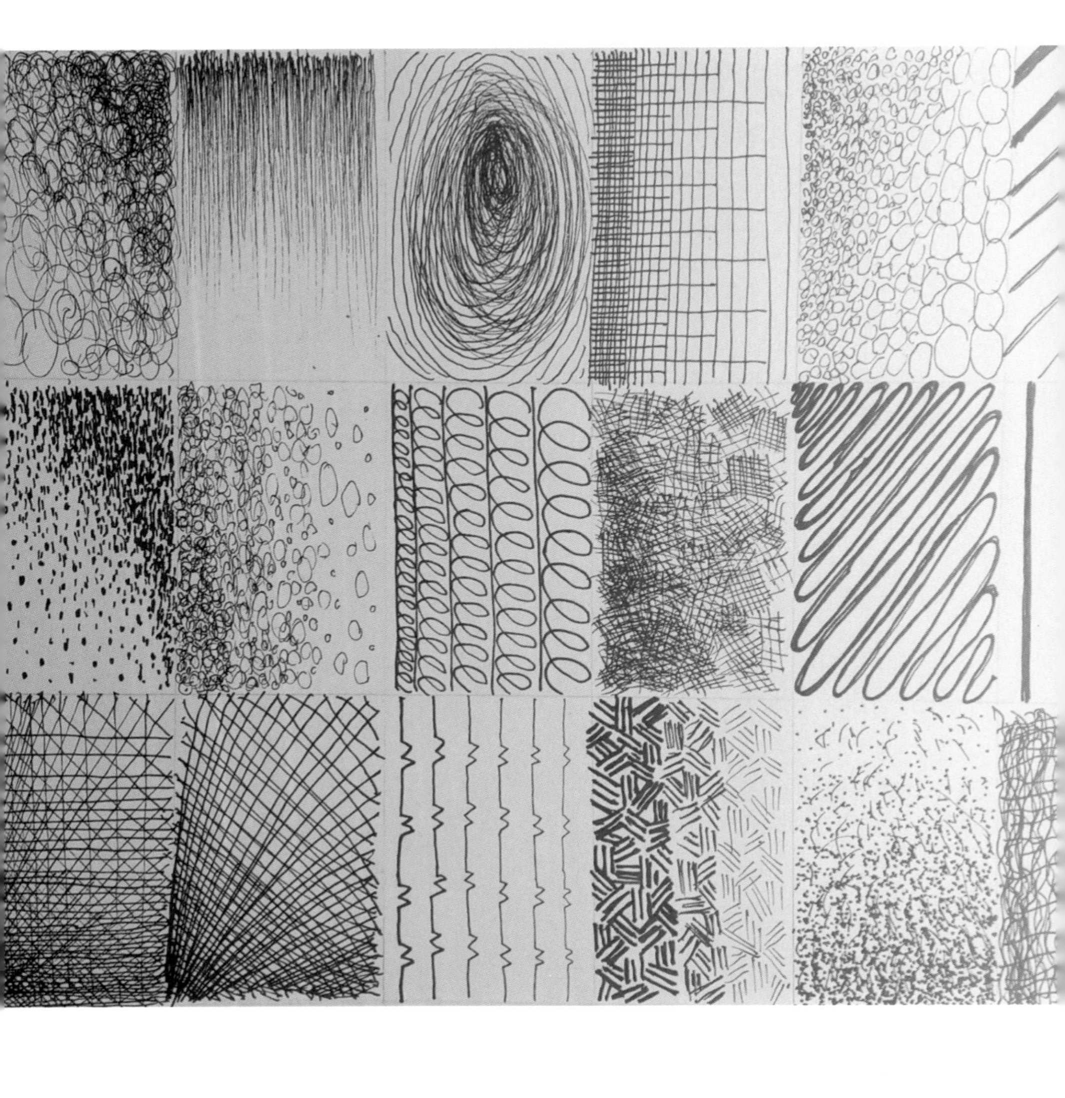

멍때리기

일이 손에도 마음에도 잡히지 않는 날이다
흐르는 눈물일랑 놓아두고 무조건 차를 몰았다

주변을 걸으면서 사진으로 담아낸다

꽃 그림자
갈라진 차선
떨어진 나뭇잎
물에 비친 다리
물속의 연꽃들
그대로 작품이 되어주니 고맙다

걷고 또 걸으면서 마음속에 있는 답답함을 걷어낸다
계획도 없이 목적도 없이 보낸 몇 시간은
오랜만에 누린 나만의 멍때림이었다

살다 보면

가끔은

힘들고

눈물 나고

울컥한 날들이

그리워질 때도 있겠지

살다 보면

숨이 멎을 것 같은 고통도

살을 에이는 듯한 허망함도

눈물조차 삼킬 수 없었던 슬픔도

별일 아닌 것이었다 하겠지

살다 보면

지난날은

책갈피 속에

곱게 끼워 넣은

나뭇잎 같은 것

또 다른 시간 속으로 108×66cm_실크_산성 염료

세월 머금고

차곡차곡

쌓여 가지만

지나고 보면

그리 큰일도 아니었겠지

살다 보면

잠시 stop!

횡단보도 앞에서
빨간색 신호등이 켜집니다

차도 쉬고
생각도 쉬고
잠시 내려놓으라고

좋아요
stop!
우리 잠시 쉬었다 가십시다

내가 찾은 쉼표 하나~

시골 장날

사람들로 북적북적
먹거리로 가득가득
구경하느라 눈이 바쁘다

조금은 덜 친절한 말투
사투리 섞인 대화
무심한 듯 전해지는 정(情)에
더해지는
덤 문화의 이끌림

장터에서 만나는 투박함이
내가 시골 장날을 찾아가는 이유다

마음에
핀
꽃은
가슴
시리도록
아름답다

꽃길

그대 마음속에

곱게 만들어 놓은

꽃길을 걷고 있을

당신을 생각하면

나도 덩달아

행복해집니다

아이, 좋아라

새우

살이 통통하게 오른 새우를 맛있게 먹다가
느닷없이 군고구마를 팔고 있던 아저씨 생각이 났다
후후~

아저씨는 고구마를 굽는 통에 이렇게 써 붙였다
'고구마 굽는 냄새에 집 나간 며느리도 돌아온다'

집 나간 며느리도
새우 굽는 냄새를 맡으며 돌아오지 않았을까?

미련

기억의 책장을 넘기며

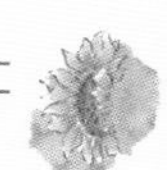

눈빛 배웅

가려는 사람
어쩌지 못하고

눈빛으로 배웅하며
가슴으로 붙잡는다

내 마음에
가두어 놓고 싶은 사람

지금은
당신을
내안에
담는중

왕사탕

사탕에 대한 달달한 기억이 있다
오빠가 다니던 고등학교의 개교기념일이 되면 매년 마라톤을 했다
행사가 끝나면 재학생 전원에게 왕사탕을 나누어 주었다
오빠는 먹지 않고 주머니에 넣고 집에 왔다
'오빠가 사탕을 가져왔겠지?'
시간의 더딤을 느끼며 은근히 기다렸던 날
오자마자 나에게 준 귀한 왕사탕
사이좋게 나누어 먹던 왕사탕은 가게에서 파는 사탕이 아니었다
누이동생에 대한 오라버니의 사랑이었다

영원히 잊을 수 없는 왕사탕의 달콤함이여!

그리움이 익어가네

더워도 힘들어
도 내일이면 그
리워질 오늘!

오늘

아무리
힘들어도
내일이면
그리워질
오늘

날마다
오늘에 감사하며 삽니다

내 마음만

많은 것들은 그 자리에 있었다
마치 우리를 기다리고 있는 것처럼

다가가지 못했던 건
나의 마음뿐이었음을
왜 이제야 알았을까

넥타이 디자인 9×145cm_실크

바쁘다는 이유로

쇼윈도에 진열해 놓은
그 많은 넥타이 중에
훔치고 싶은 색깔들이
내 마음속에
요즘도 자리해 있는지
그것도 모르는 채
바쁨으로 잊고 삽니다

징검다리

조물조물

폴짝폴짝
징검다리 건너
맑은 물 흘러가는
개울가에서
평평한 돌을 빨래판 삼아
손수건을 조물조물

쨍한 햇볕은
키 작은 나무에 널어놓은
젖은 손수건을
서둘러 말려 주었다

전시장

새소리와 함께
여유도 즐기고
만나는 분과
작품 이야기도 나누고
전시장 밖까지 배웅도 했습니다

전시를 마치는 날에는
하얀 그리움을
뒤로 하고 왔습니다

그리움 찾으러
또 갈 듯합니다

방순옥의 끝없는 에너지, 인생의 노정에
호기심이 많아 시간이 천천히 흐르는 것인가?
개인전을 축하합니다.
최

크리스마스

산타클로스 할아버지가
오래오래 사셨으면 했던
어릴 적 내 생각

그러나
산타클로스 할아버지는
내가 초등학교를 졸업하기도 전에
안타깝게도
기억 속에서 돌아가시고 말았다
조금만 더 오래 사시지

Merry Christmas!

찰나

스쳐 지나가는 순간들

비추는 햇살도

당신의 미소도

잠깐의 기쁨도

나의 청춘도

이 순간뿐인 것을

지금이

가장 빛나는 순간이라는 것을

많이도 잊고 삽니다

카르페디엠

현재는 즐기는 자의 몫입니다

그리움 찾아

끝이 보이지 않을 것 같던
골목길에서 추억을 본다

정(情)을 느낀다
그리움도 익어간다

정(情) 찾아
그리움 찾아
또
그렇게
인사동을 만나러 간다

이사동에서 한가로움과 마주한다

일상이 그립다

2020년부터 2023년까지는
너무도 잔인한 해였다
코로나19로 인해 너무나 많은 것을 멈추게 한

소중한 가족 얼굴 보기
예쁜 카페에서 차 마시기
좋은 사람과 만나 이야기 나누기
친구들과 수다 떨기
맑은 공기 마시며 산책하기
꽃구경 가기
맛집 찾아 밥 먹기
전시장 방문하기
영화 감상하기
인사동 돌아다니기

일상이 이리 소중했었구나
많은 것들을 누리고 살았구나
느끼지 못하고 살았구나
매 순간이 선물이었구나

상상 속에서 일상을 이어갑니다

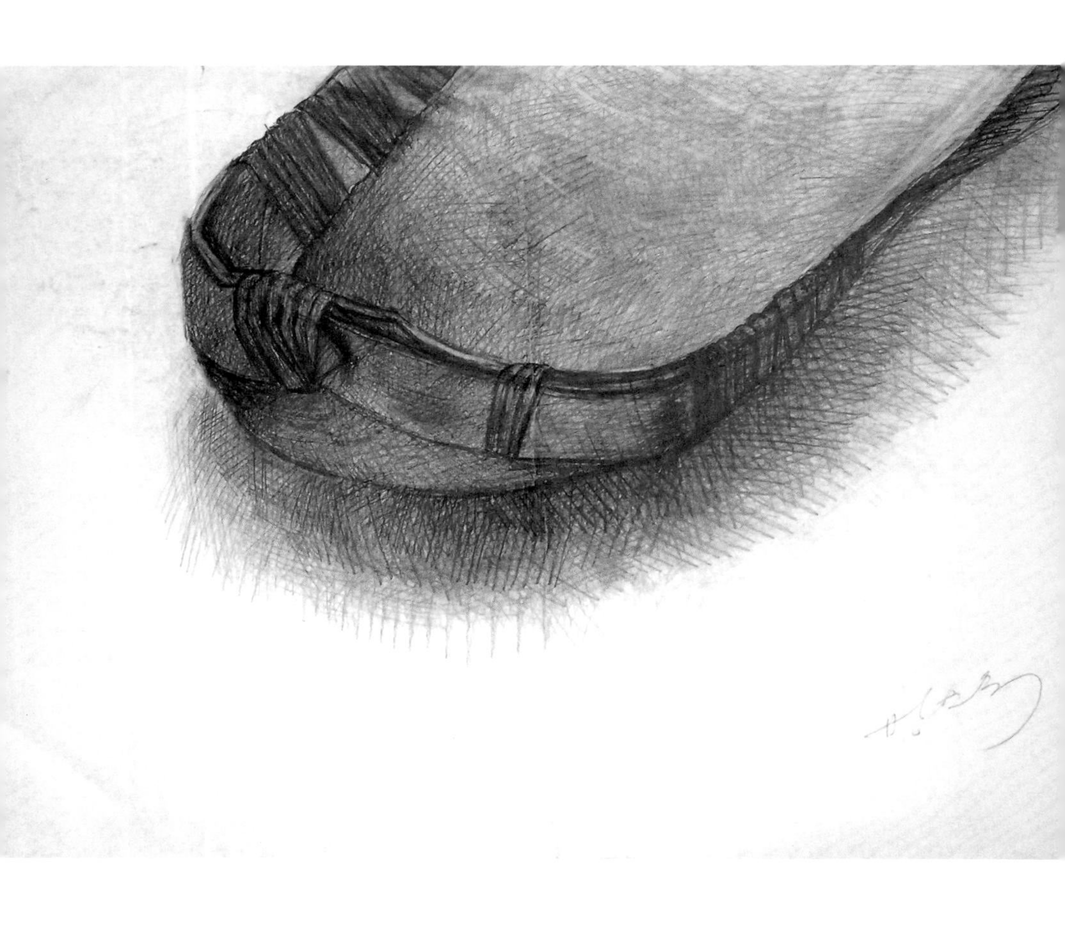

키

밥을 하려고 쌀을 그릇에 담았는데 벌레가 보였다. 쌀벌레를 하나하나 골라내다가 '할머니랑 엄마는 키로 골라내셨는데.' 하는 생각이 들었다. 그랬다. 키에 쌀을 놓고 위아래로 까부르면 작고 가벼운 쌀벌레는 키의 끝자락으로 밀려나 쉽게 없앨 수 있었다.

키의 용도는 그뿐만이 아니었다. 오줌을 싼 어린애에게 키를 씌워 옆집에 보내면, 옆집 아주머니는 "너, 오줌 쌌구나." 하시며 소금 한 주먹을 키 위에 뿌려 보내기도 했다. 소금 벼락을 맞았던 그때 오줌싸개들은 한 번으로 고쳐졌을까?

'부끄럽게 생각하고 다음엔 오줌 싸지 말거라.'
버릇을 고치기 위해 키를 사용하는 아이디어를 어른들은 어떻게 생각해 내셨을까?

이별

보아도 보이지 않고
물어도 대답이 없는
불러도 대답이 없고
만져도 형체가 없는
찾아도 꽁꽁 숨어 버리고
흔적이 차츰 지워지는
못해 준 마음만 남아
나누지 못함에 가슴 저미는
시간을 되돌려 모두 내어 주고 싶지만
결코 하나가 될 수 없는

그런 것이었습니다
영원한 이별이란

보내고 나서야 소중함을 느끼는 어리석음을 탓합니다
더 많이 그리워지겠지요
그리운 것은 그리운 대로 그리워하려 합니다

당신은 이미 큰 사람이었습니다

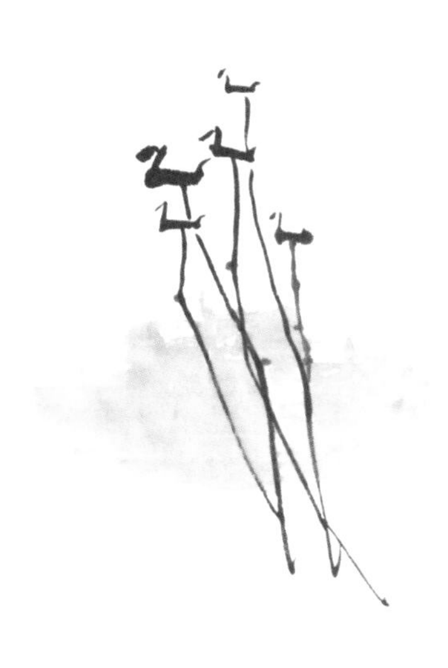

나물

봄이 되면 친정엄마와 두 딸과 함께
도시락 챙겨서 나물을 캐러 갔다
두세 시간만 캐고 뜯어도
봄나물은 바구니에 그득했다

소리쟁이는 국을 끓이고
달래는 된장찌개
냉이는 새콤달콤한 무침
쑥은 쑥버무리나 쑥개떡으로
한 상 가득 봄 향기를 뿜어냈다

봄이면 생각나는 엄마의 손맛이
잊히지 않아 너무 그립다

엄마를 생각하며
엄마가 해 주셨던 음식을 생각하며
행복했던 그 마음을 혼자서 새김질한다

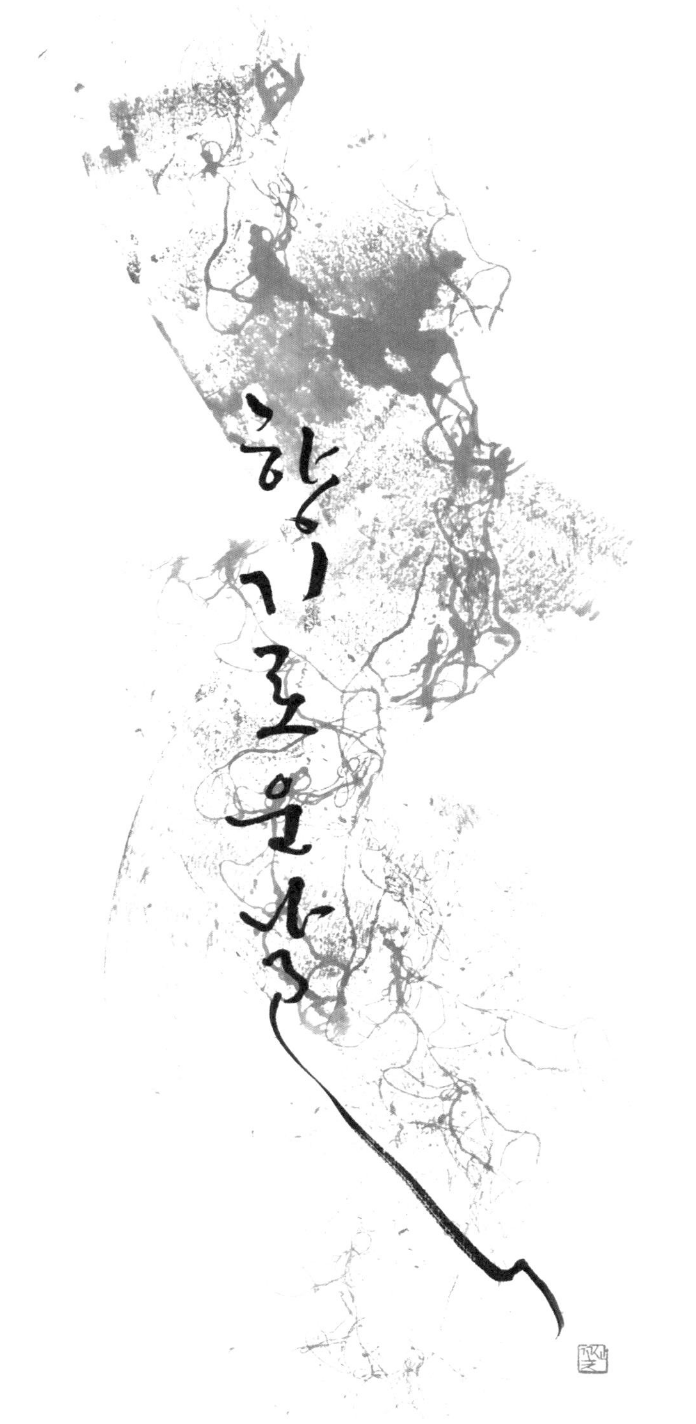

탑

어쩌면

내 마음속에

높은 탑을

계속

쌓아두고

있었던 건

아닌지

어제처럼

오늘도

세월-삶의 의미 85×80cm_실크_혼합 재료

달동네 박물관

꼭 다시 한번 가 보고 싶었던 수도국산 달동네 박물관, 토요일 오후에 서둘러 부릉부릉 달려갔습니다. 다닥다닥 붙어있던 판잣집들은 재개발되어 아파트촌으로 새롭게 태어났습니다. 그 시절 달동네의 추억은 박물관으로 차곡차곡 들어가 있었습니다.

담벼락에 붙어있는 벽보, 연탄 집게, 검은색 시장 바구니, 교련복, 벽시계, 오줌 싸면 뒤집어쓰고 소금 얻어오던 키, 물을 길어 나르던 물지게, 우리에게 상상력을 키워주었던 만화 가게는 추억 여행으로 이끌기에 충분했습니다.

더운물이 나오지 않아 솥에 물을 끓여서 찬물과 섞어 써야 했고, 목욕탕을 가기보다는 부엌에서 몸이 들어갈 만한 큰 그릇에 물을 채워 놓고 목욕했던 기억들이 떠올랐습니다. 아련함이 묻어나는 것들이었기에 더 반갑기도 했지요.

추억 속에서 나눔을 생각해 보고, 현재의 물질적 풍요에 대해 감사하는 마음을 간직하고 돌아왔습니다.

송현상회
담배
CIGARETTES

수도국산 달동네 박물관

동행

마음에
그리는 일상

아침 운동

물소리 새소리 들으며
아침 운동을 하다 보면

등굣길에 만나는
아이들의 웃음소리
재깔거리는 말소리에
미소가 절로 지어진다

아이들은 참 예쁘다
아이들은 참 소중하다

아이들 46×53cm_한지_혼합 재료

딱 고만큼만

사랑

그리움

기쁨

아픔

슬픔

괴로움

감당할 수 있는

딱 고만큼만

마음에 맺는 봄날

봄날에 취하다

입춘대길(立春大吉)

건양다경(建陽多慶)

기쁘고 경사스러운 일이

많이 많이 생기게 하소서

자주자주 생기게 하소서

입춘을 맞아 봄날에 흠뻑 취해 봅니다

내 옆을 살펴요

횡단보도 앞에 이런 글귀가 있었습니다
'내 옆을 살펴요.'

'내 옆을 살펴요.'가
'내 마음도 살펴요.'로 보였습니다

내 마음을
살펴본 적이 몇 번이나 있었을까

잘 지내느냐고
어려운 일은 없었느냐고
힘들게 하지는 않았느냐고
네 편이 되어줄 사람은 있었느냐고
울고 싶을 땐 실컷 울었느냐고
내 마음에게 물어본 적이
몇 번이나 있었을까

이제부터라도

자주 물어볼 생각입니다

'마음아, 미안했다.

우리 앞으로는 더 친해지자.'

내가
살아가는
모든 순간을
사랑하면
삶이
풍요로워
집니다
아모르파티

선서

웃음

미소

칭찬

공감

격려

배려

응원

사랑

베풂

나눔

지금부터

위의 모든 것에 대한

무한 과소비를

평생 실천하겠습니다!

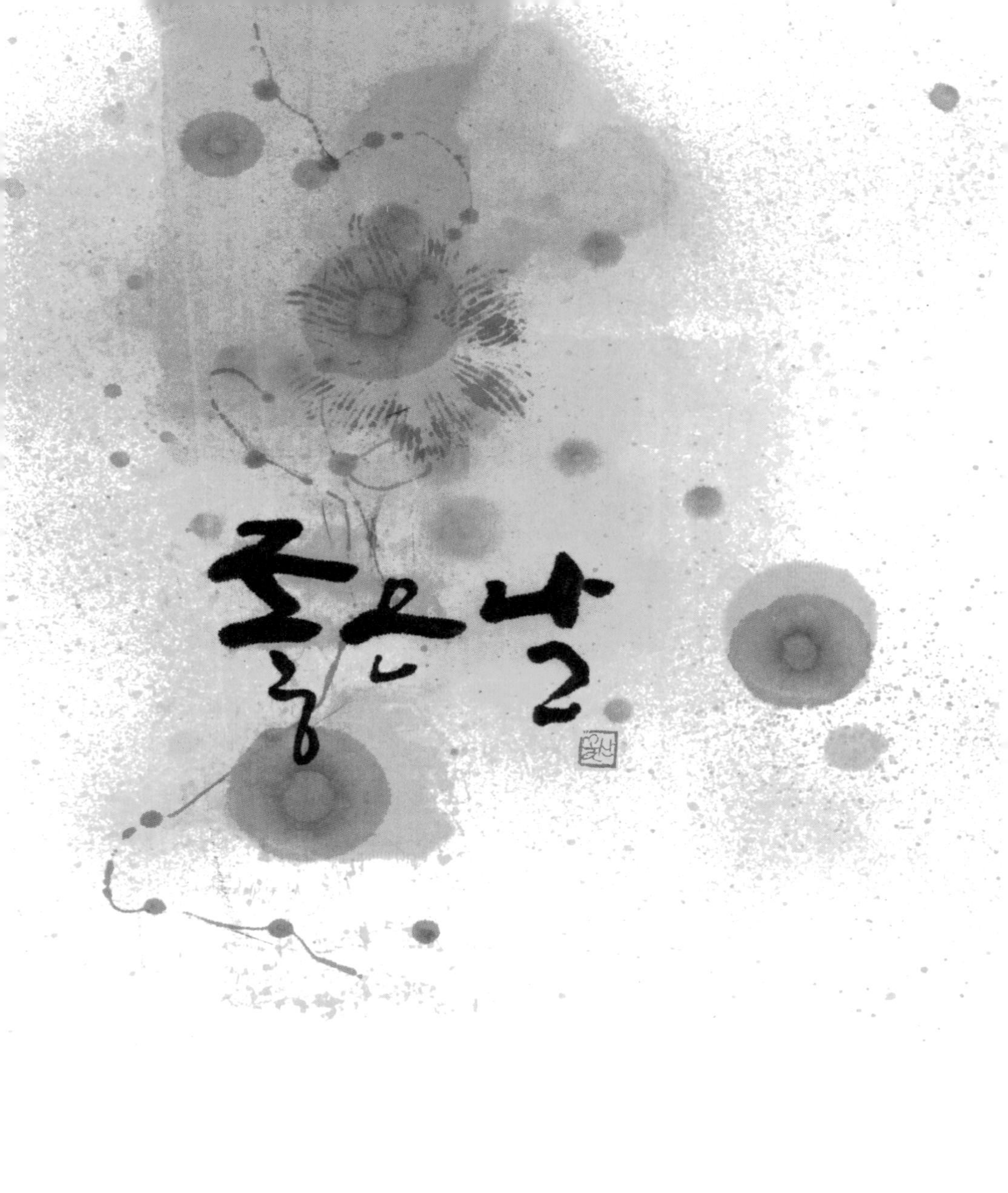
좋은 날

그냥

마음이

몸이

봄을 느끼는

아름다운 계절에

친구들의 안부를 묻습니다

우리

그냥

여고생으로 살자

몸도

마음도

새날

좋은 노래 들으며
예쁜 노랫말 음미하며
행복함으로 지새운 밤

이른 새벽
하루의 시작
사랑으로
그리움으로
가슴 설레며 시작되는
선물 같은 새날이 밝아옵니다

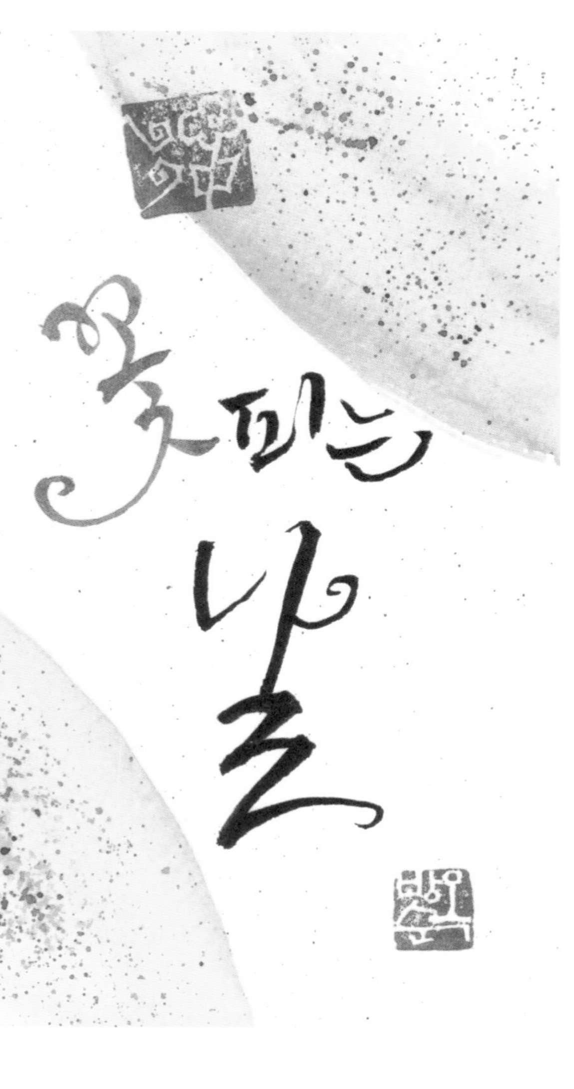
꽃피는 날

한 폭 그림 같이

촘촘히 살아가야
되는 줄로 알았습니다

가끔은
시침질하듯
설핏하게 살아도
한 폭
그림 같은 삶이 되는 것을

담쟁이

담벼락에

온몸을

의지한 채

낮은 자세로

삶을

눌러 담는

담쟁이

너로 인해

위로와

지혜를 배운다

마음에게 120×250cm_90×250cm_면_혼합 재료

마음 가지치기

이맘때쯤이면 가로수 가지치기를 합니다
서운함 한 가지
불안함 한 가지
서러움 한 가지
남은 상처 한 가지
후회 한 가지
툭툭
나도 따라서 마음 가지치기를 해 봅니다

흔적 없이
아픔 없이
흔들림 없이
그렇게 삶을 살아온 이들이 얼마나 될까요?

이제는
온갖 마음 내려놓고
편하게 살기로 합니다

청(淸)

물처럼
맑은
마음

물처럼
깨끗한
마음

물처럼
여유로운
마음

마음 저축 은행

오늘은 은행엘 가야겠습니다
저금할 것이 점점 많아지거든요

마음
근육
웃음
여유
건강
겸손

마음 저축 은행으로 달려가렵니다
은행 문이 닫히기 전에

행복은
오늘도
당신을
찾아갑니다

또 다른 세상

한 번만 참고
한 걸음만 뒤로 하고
얼굴 한 번 덜 찡그리고
눈은 작게 뜨고
마음의 소리를 들었더니
이제야 보이는 또 다른 세상

매일이 새날인 듯…

눈부신 날 49×31cm_실크_반응성 염료

작은 행복

저녁에 설거지해 놓은 그릇의 뽀송함
하루가 다르게 자라는 상추
쨍하게 들어오는 밝은 햇살
문을 열면 들어오는 상쾌한 바람
창밖으로 보이는 나무들의 푸르름

고맙다는 말을 건네 봅니다
작은 설렘으로 시작되는 행복한 아침입니다

당신의
봄날은
바로
오늘
입니다

달력

달랑
한 장 남은 달력

내 삶을
후회 없이
쌓아준 한 해

수고했어요
달력에게도
나에게도
모두를 칭찬해 줍니다

좋은 일

밝은 햇살을 느끼며 눈을 뜬다
한껏 기지개를 켠다
오늘 일정을 생각해 본다
좋은 일이 있겠지
일이 잘 해결되겠지
더 좋은 일을 향한 과정이겠지

항상
생각은 현실로 이루어지더이다

오늘도
좋은 일이
일어난다.

행복 가꾸기

좁은 빈터에 비닐 끈을 두르고
상추며 쑥갓을 들여놓아
행복 가꾸기를 하는 풍경을 보았습니다

일주일간의 작은 행복
오늘부터 우리도 가꾸어 볼까요,
내 주치의가 되어주는 일터에서

여백

그리움을
향한 첫걸음

계절의 틈새

계절과
계절의
틈새가
이리도 얄팍했었나?

어제는 겨울
오늘은 봄

겨울 그리고 봄 65×47cm_실크_산성 염료

한 스푼

비워놓은

내 가슴에

채워놓고 싶은 건

사랑 한 스푼

존경 한 스푼

행복 한 스푼

그리고

미련 한 움큼

사랑
존경 한스푼
미련

꽃이 피는 날에는

꽃 사진 선물을 받았다
'꽃이 피는 날에는'이라는
음악도 함께

꽃이 피는 날에는 나는 사랑할래요
따스한 눈길로 그대를 난 사랑할래요
목소리도
노랫말도
보내준 이의 마음도
모두 다 곱다

꽃이 피지 않은 날에는 사랑하면 안 되나요?

표창장

당신은

걸어가는 뒷모습도

앉았던 자리도

머문 공간도

돌아앉은 뒤태도

말의 여운도

숨소리마저도

너무 곱기에

그대를

아름다운 사람으로 임명하고

또

표창장도 전합니다

수고한
당신을
칭찬합니다

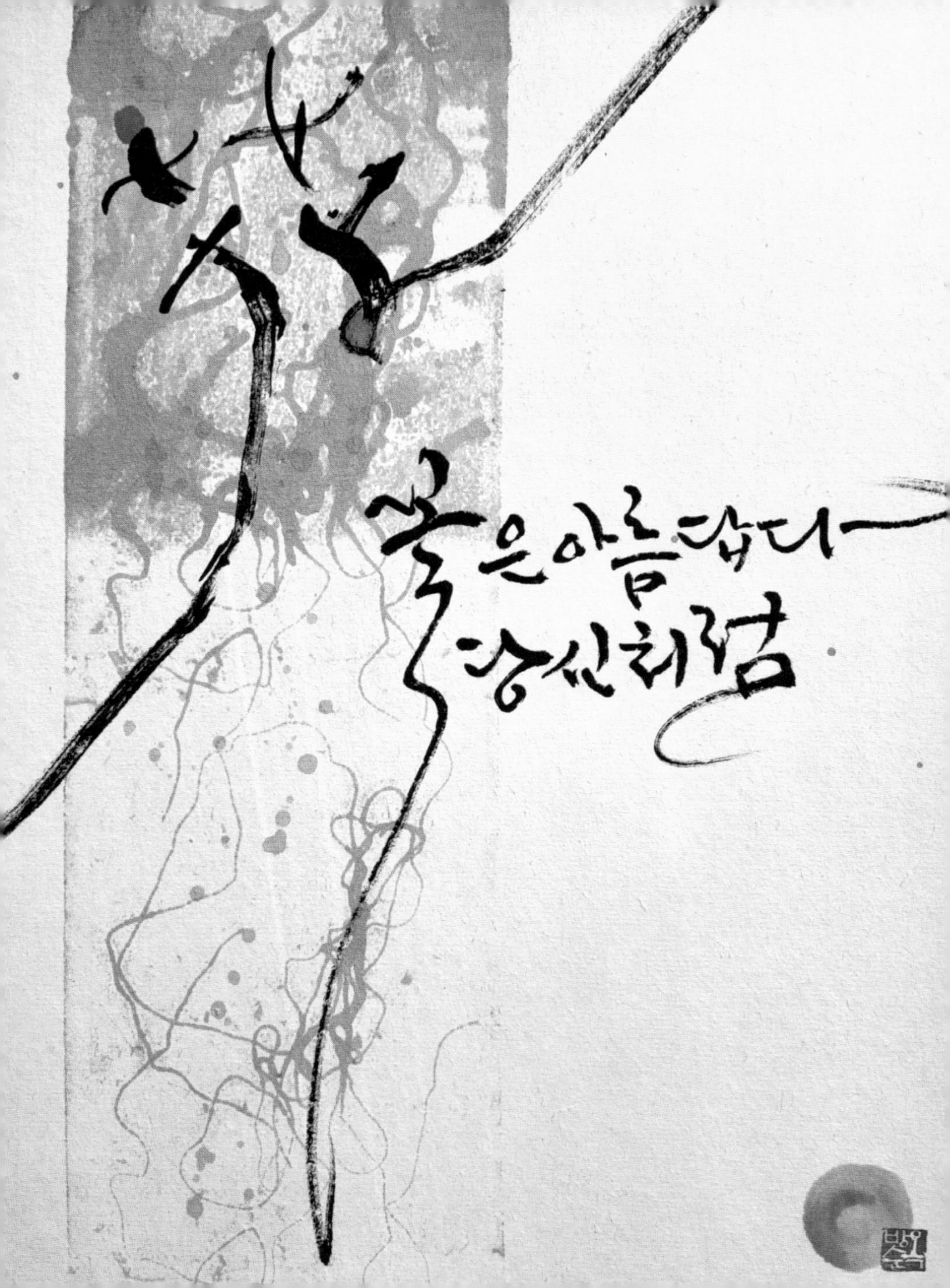
꽃은 아름답다
당신처럼

꽃은 아름답다

꽃은 아름답다
언제나 아름답다

꽃이 당신을 닮은 걸까
당신이 꽃을 닮은 걸까

가슴 한편에
꽃 한 송이를 품게 해주는
따뜻한 사람

꽃은 아름답다
당신처럼
당신도 아름답다
꽃처럼

내 안의 나를 만나는 시간

숲길

낙엽을 밟는 소리
솜이불 위를 걷듯
엄마 품에 안긴 듯
오롯한 편안함

발가락 사이를
간지럽히던 진흙처럼
부드러운 포근함이
함께하는 숲길

청춘

"아프니까 청춘이다."
그런데
매일 아프면?

아,
시도 때도 없이 아픈 나는
마구마구
청춘이 됩니다

시간 여행 48×36cm_실크_반응성 염료

나를 보듯
너를 본다

착각

내 곁에 있는 모든 것들은
그냥 제자리에 있을 줄만 알았습니다
하나둘 떠나보내고 난 후에야
마음속에 움켜쥐고 있었던 그 많은 것들이
착각이었음을 알게 해 줍니다
'힘든 일이 많았다.'
'견디기 어려운 일도 많았구나.'를 되뇌이며
무심하게 흘려보낸 날들
걷다 보면 그 길이 꽃길이었음을 알게 됩니다
시간에 대한 수강료 없이 얻어지는 것은
어디에도 없는 듯합니다

처음이니까

앞을 보며
옆도
뒤도 보면서
마음속 깊은 얘기를 해야겠다
나도 처음 해 보는 것들이니까
처음 살아 보는 오늘이니까
처음 해 보는 일들이니까

나이가 들수록
내 어머니가
많은 경험을 하셨던 내 어머니가
자꾸만 그리워진다
"엄마, 나 어떻게 해야 해요?"
묻고 싶은 일이 점점 더 많아진다

프리지어

봄이 되어
프리지어가 보이면
어김없이
욕심껏 한 다발 산다

키가 큰 유리잔에 꽂아놓으면
집안은 온통 봄으로 물들여진다

향기 나는 봄
가슴 뛰는 봄

아이가 되어 보자

되돌아보면

보이지 않던 것들이
잡히지 않던 것들이

되돌아보면
볼 것도
잡아야 할 것도
그리고
생각할 것도
자꾸만 많아집니다

길을 따라서 85×115cm_실크_산성 염료

동백꽃 그리움

손에서도 꽃으로

빨강 꽃
동백꽃

떨어져도 꽃이 핀 듯
온몸 던져
그 모습 그대로
꽃이 되는 열정이여

손에서도
꽃으로
빨갛게 피어나다

나란히 나란히

아주 좁은 골목길
담벼락 아래 옹기종기
작은 화분들이 줄을 맞추어
놓여 있었다

골목길에 화분들이
나란히
나란히
나란히

기분 좋게 흥얼거리며 돌아온다

뒤로 걷기

뒤로 걷기를 해 보면
눈앞에 있었던 많은 것들이
점점 멀어지고 사라져 간다

눈앞의 행복에 대해 느끼지 못한 채
뒷걸음질 치고 있는 나는 아니었을까
눈앞에 보이는 모든 것의
주인공은 바로 나인 것을

주인공은 나

필연

들숨과 날숨

씨줄과 날줄

더하기와 빼기

양달과 응달

열쇠와 자물쇠

하늘과 땅

위와 아래

가로와 세로

직선과 곡선

그리고

너와 나

어느새

나도

모르는 사이에

어느새

세월에게

조금씩

내 자리를

내어주고 있었다

돌이킬 수 없는 일이었음에도

파란 소망 40×33×73cm_브론즈

저녁 하늘

조화(造化)

조화(調和)

두 가지 조화를

모두 품은 저녁 하늘

경이롭다는 말로는

부족해서

너무나 부족해서

못다 한 내 사랑 한 조각

울컥한 내 마음 한 조각

슬쩍 끼워 넣습니다